KB201163

회사 가긴 싫지만
돈은 벌고 싶어

고개가 절레절레_직장인 절레동화

회사 가긴 싫지만
돈은 벌고 싶어

묘한량 글·그림

이렇게 누구나 살면서 겪는
소소한 일상을 그려 보고 싶었습니다.
이 책이 많은 분에게 공감되고 때로는 위로가 되는
우리의 이야기가 되었으면 좋겠습니다.

이 글을 보고 계시는
여러분 정말 감사합니다!!!
이 책이 비록 냄비받침이나 컵라면 덮개로 쓰이더라도
그 또한 나름의 쓰임새가 있는 거 아니겠습니까???
쓰임새 있는 묘한량이 되도록 노력하겠습니다!

차례

'한량'을 꿈꾸는 묘한량입니다 4

chapter 1. **Work**

#직장인_공감툰 #전투력보다_방어력 #칼퇴실패 #마상_산재처리

chapter 2. People

#너와_나의_연결고리 #선넘는사람들 #Latte_is #눈치챙겨

chapter 3. **Food**

#직장인맛점 #힐링푸드 #개꿀맛 #오늘뭐먹지 #이맛에_돈번다

chapter 4. **Daily Life**

#흥분주의 #텅장주의 #집순이집돌이 #일상툰 #인생은 6시부터

Work

#직장인_공감툰 #전투력보다_방어력 #칼퇴실패 #마상_산재처리

알람과 알람 사이
개꿀잠!

아침에 알람이 울리자마자

한 번에 벌떡 일어나는 사람은

(의지력이 강하다……기보다는)

세상 독하디독한 사람입니다.

알람은 최소 2개 이상,

첫 번째 울린 알람 끄고

5분 더 자는 잠이 개꿀잠이죠.

피곤하니까
직장인이다

급한 업무 처리로

일찍 출근하는 날

오우, 이 차가운 도시의 신선한 새벽 공기!!!

...의 느낌은 오래 가지 못하고
오전부터 급피곤해집니다.
일찍 일어나는 벌레는 새에게 잡아먹히고,
일찍 일어나는 직장인은
(겁나 많이) 피곤합니다.

모닝커피
무한경쟁

평소보다 5분 정도 일찍 집에서 나선 날,

커피 한잔 사가는 걸 시도해 봅니다.

(스마트한 나는) 앱으로 미리 주문하고

매장에 가서 받기만 하면 끝!

...인 줄 알았는데

왜 내가 마음먹고 모닝커피 한잔 하려는 날이면

이리도 주문이 밀리는 걸까요?

게다가 나보다 늦게 온 사람이 커피를 받아가는 것 같은

느낌적인 느낌...

심장은 쫄깃해지고 주문번호만 자꾸 확인...

결국 밀리고 밀려 58분에야 커피가 나오네요.

회사까지 7분 걸리는데 (망했다...5분 일찍 나오면 뭐하냐...)

그런데 왜, 출근 시간은 어기면 욕먹고 퇴근 시간은 지키면 욕먹죠?

출근과 동시에 하는
거짓말

오늘도 출근과 동시에 거짓말로 하루를 시작합니다.
"좋은 아침입니다!"

세상에 '좋은 아침' 같은 건 없습니다.

그런 건 진짜 없습니다.

아침엔 일어나기 힘들었고…

출근길엔 지옥철(혹은 만원버스)에 시달렸고…

오늘 해야 할 업무들이 산더미인데…

결코 아침이 좋을 리 없습니다.

오늘까지 할 일을 오늘 주다니

책상 위의 카오스,
그리고 블랙홀

사무실에서 깨끗한 책상을 유지한다는 것은
참 어려운 일입니다.

컴퓨터 바탕화면은 끝없는 파일 생성으로 항상 너저분…

'최종'이라는 파일명은 함부로 쓰는 게
아니었다는 걸 뒤늦게야 알게 됩니다.

묘한량의_디자인_파일.jpg

묘한량의_디자인_파일(수정).jpg

묘한량의_디자인_파일(수정2).jpg

묘한량의_디자인_파일(최종).jpg

묘한량의_디자인_파일(최종2).jpg

묘한량의_디자인_파일(진짜최종).jpg

묘한량의_디자인_파일(진짜진짜최종).jpg

책상 위엔 온갖 프린트물과 살기 위해 마셔 댄 커피가 잔뜩,

책상이 잘 안 보일 정도입니다.

아… 이거 정리 한번 해야지 생각하면,

또 뭐 그렇게 갑자기 급한 일들이 생기는지요.

게다가 나름의 규칙으로 배열된

온갖 잡동사니와 서류들을 치우고 나면

꼭 중요한 메모를 찾는 데 시간이 더 걸립니다.

책상이란 평면 공간에
블랙홀이 있는 것 같습니다.

보고하면 언제?
또 보고하면 내가?
또또 보고하면 내가 언제?

대체 이놈의 보고는 몇 번을 해야 하는 걸까요?
말로도 보고하고, 페이퍼로도 보고하고,
일정 체크할 때도 보고하고, 진행 상황도 보고하고,
할 수 있는 온갖 방법 다 동원해서 보고했는데…
보고하러 갈 때마다 대체 이게 뭐냐고 물으십니다.

보고 드릴 때 상황을 기록해 둔 다음,
"이때 보고 드리고 업무를 진행했습니다"라고
나름 힘없는 공격(?)을 하면
그런 지시한 적 없다고 합니다.
(아, 예상치 못한 반격인데?)

그때 나랑 대화한 사람은 누구였나요?

또 나야?
나만 해?

하나부터 열까지 다 내가 합니까

막내일 때는 '이런 건 막내가 하는 거야' 하면서 시키고,
주임 되면 '회사의 주인은 주임이지!' 하면서 시키고,
대리 되면 '대리급이면 이 정도는 해야지!!' 하면서 시키고,
과장 되면 '중간 관리자가 회사의 기둥이다!!!' 하면서
세상 어려운 업무 다 시킵니다.
하나부터 열까지 다 내가 하면...

다른 사람들은 대체 무슨 일을 하는 겁니까??!!!!

그럼 그 사람들 월급도 나 주든가...

다들 여유 있어 보이는데 나만 만날 바빠.

왜 회사의 모든 일은
나에게만 몰리는 겁니까?

화려하지만 심플? 모던하지만 클래식?

결론은 답정너

오늘도 삽질하러
출근합니다

갓 입사했을 때

드라마에서 보던 쿨하고 멋진 회사원이

될 줄 알았습니다.

'보람찬 하루'를 다짐하면서 말이죠.

n년차 직장인인 지금은

보람찬 하루 같은 건 없다는 걸 깨닫습니다.

보고하면 할수록 점점 산으로 가는 프로젝트들

이걸 대체 왜 하는가? 싶은 업무들

저걸 또 하나?? 싶은 회의들

삽질도 하다 보면 는다는데

이런 삽질은 해도해도 늘지가 않습니다.

상사와 출장 가면
생기는 일

출장을 가면 할 일이 더 많아집니다.

출장 가기 전 자료 준비와 미팅 준비는 기본,

왕복 교통편 예약 혹은 운전도 하고…

게다가 상사를 모시고 가면 의전 업무까지 더해져

긴장감 백 배라고요.

출장지에 도착할 때쯤이면 꼭 들려오는 질문,

"이 동네 맛집은 어디인가??"

'아… 저도 이 동네 처음 오는데요.'

출장을 다녀와서는 더더더더더더 일이 많습니다.

경비 처리를 위한 영수증 정리,

(영수증의 소중함을 이렇게 배웠습니다.)

피드백 받은 내용 정리, 결과 보고서 작성...

출장은 같이 다녀왔는데

왜 후속 업무는 다 나만 하는 걸까요?

그게 말처럼 간단하냐고요

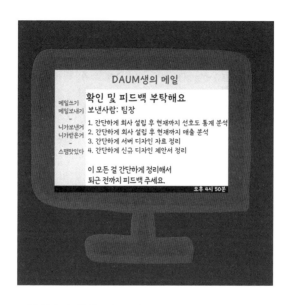

오늘도 나만
죄송합니다!

선배나 상사가 "업무 관련해서 모르는 게 있으면 물어보세요"

라고 해서 물어보면

"아니, 입사한 지가 언제인데 그걸 아직도 몰라??"

하면서 한소리 듣습니다.

그때마다 "아, 넵 죄송합니다"를 하게 되죠.

다음에 비슷한 상황이 왔을 때

이번에는 혼자서도 처리할 수 있을 것 같아서

지난번에 배운 대로 업무를 처리해 봅니다.

하지만 나에게 돌아오는 건,

"누가 업무를 마음대로 처리하래?! 물어보고 했어야지!!!"

하는 질타입니다.

역시나 그때마다 "아, 넵 죄송합니다"를 연발합니다.

왜 만날 나만 죄송해야 할까요?

마상은
산재처리 안 되나요?

회사에서 직급이 높은 분들은

무슨 특별 교육이라도 받는 것 같습니다.

'남에게 상처 주는 말하면서 자신은 상처 안 받는 법'

특강이라든가,

'인신공격의 체계화' 같은...

어쩜 그렇게 상처 주는 말을 잘할까요?

(물론 아닌 분도 있습니다. 좋은 상사도 있어요! 내가 아직 못 만나 봤지만ㅠ)

이런저런 말들로 너덜너덜해진 내 마음.

주변의 선배들은 이러면서 크는 거다.

회사 생활 다 그렇지 뭐 하는데

하나도 위로가 안 돼요.

그렇게 마음에 상처를 입으며 받는 월급치고는

너무 적습니다.

적은 월급 쪼개서 내는 4대 보험에

마상도 산재처리 해 주세요!

회식 메뉴 정하기

회사_흔한_회의시간.jpg

상급자에 의해 수시로 소집되는 회의,

"편하게 얘기들 해 보세요"라는 말을
곧이곧대로 믿고
정말 편하게 얘기했다간
일을 떠맡게 되는 불상사가 일어납니다.

그러다 보니 해야 할 이야기나 아이디어가 있어도
쉽사리 꺼내지 못합니다.

영혼 없이 고개만 끄덕거리다 보면
결국은 상급자가 독단적 결정을 통보하는 것으로
회의가 끝납니다.

워크숍

가족들보다 더 오래 보는 사람들끼리
무슨 친목을 더 다지겠다고,

(아니 더 이상 뭐 어떻게 친목을 다질지 전혀 모르겠습니다.)

워크숍 간다고 안 친했던 사람들이

세상 친해져서 돌아오는 것도 아니고…

워크숍은 왜 또 그렇게 멀리 가나요?

회사에서 멀어지면 없던 친목도 막 생기고,

아이디어가 샘솟는다고 생각하는 걸까요?

워크숍 안 가면 직원들이
서운해할까 봐 그러는 걸까요?

갈 거면 제대로 놀든가,

이도저도 아닌 정체불명의 워크숍,

꼭 가야 합니까?

매일매일이 극지 여행

<걸어서 세계 속으로> 라는 오래된 TV 프로그램이 있습니다.
푸른 바다에서 세상 편안하게 파도 타는 100년 된 거북이부터
세계 곳곳 오지에 사는 원주민들의 삶도 소개됩니다.
대체 저런 험한 곳에 어떻게 건축물을 지었을까 싶게
감탄스러운 곳도 있습니다.
볼 때마다 놀랍고 자연의 위대함과 아름다움을 깨닫게 되는
프로그램입니다.

위대한 대자연만큼이나 나에게 큰 존재가 회사에도 있죠.
(이건 뭐 거의 넘사벽입니다만...)
히말라야보다 넘기 어려운 상사의 결재,
남극의 빙하보다 차가운 선배의 말 한마디,
동남아의 습기보다 더 답답하고
고산병만큼 머리 아프게 하는 눈치 없는 후배들
매일매일이 극지로의 세계 여행입니다.
오늘은 또 어떤 오지에서 어떤 원주민을 만날까요?
'걸어서 회사 속으로'
오늘도 극한 회사로 느린 발걸음을 옮기며 꾸역꾸역 출근합니다.

왜 그런 날 있잖아요

왜 그런 날 있잖아요
뭘 해도 안 되는 날

제품사고
상사한테혼남
맛점실패
각종
마음
고생

뭘 해도 안 되는 날이 있습니다.

아침에 눈을 떴는데 알람은 꺼져 있고,

버스 기다리다 안 와서 택시 탔는데,

기다리던 버스가 뒤에 바로 도착하고,

이런 난관을 뚫고 회사에 출근했는데

출근하자마자 일은 쌓여 있고,

보고서 빨리 가져오라고 재촉당하고,

이런 날일수록 컴퓨터도 버벅거리고, 데이터도 못 찾겠고,

열심히 일하다가 잠시 머리 식히려 뉴스를 클릭했는데

상사가 와서 모니터를 확인합니다.

잘해 보려고 노력하면 노력할수록

말은 꼬이고 상황은 이상해지고

뭘 해도 안 되는 그런 날.

이런 날 해결책은 칼퇴뿐입니다.

퇴근 후 잡은 약속도 다 취소하고 빨리 집에 가야 합니다.

내일은 뭘 해도 다 되는

그런 날이 되길 바라면서요.

슬기로운 회사생활?

누구나 처음엔 슬기로운 회사생활을 꿈꿉니다.
슬기로운 OO생활 시리즈처럼 재미와 감동이 있는...

하지만

직장 생활 n년차 정도 되면 알게 됩니다.

슬기로운 회사생활 같은 건
없다는 걸요.

토닥토닥

고개가 절레절레되는 직장 생활 속에서

"오늘 하루도 (버티느라) 고생 많으셨습니다!"

병에 걸렸어

결재도 타이밍

정말 적응 안 됩니다.

오늘도 까일까? 오늘은 꼭 넘어가야 하는데...

그래도 발길은 영 안 떨어지네요.

상사가 기분 좋은 때를 기다려 보겠습니다.

복 많이 받기 싫어

그 많고 많은 복 중에
하필 일복이란 게 터졌다.

우리 모두 한마음

핵심만 원합니다

아아 그거요?

고 과장님!
혹시 캣타워 제작 관련
업체 연락처 아세요?
자료에 없어서요.

근데 묘한량 씨, 그거 알아요? 캣타워는 나무로 만들잖아.
이 나무가 참 중요해요. 무슨 나무를 쓰느냐도 중요한데
색깔도 중요하고 원산지도 중요하고 향도 중요하고 어떻게
조립하냐도 중요하고 중요한 게 한두 가지가 아니에요. 근데
이런 좋은 나무는 자연이 맑아야 더 잘 자라겠죠? 그럼 어떻게
해야 할까요? 쓰레기 사용을 줄이고 환경을 보호해야겠죠?
환경이 좋아져야 나무도 쑥쑥 잘 자랄 거 아네요? 그렇죠?
근데 쑥쑥 자라야 할 게 나무만은 아네요. 우리 회사
브랜드도 쑥쑥 자라야 할 거 아네요? 브랜드가
홍보돼야 우리도 더 많은 곳에 알려지고
그러면 우리도 좋죠. 그렇게 생각
안 해요? 브랜드를 키우려면
어떻게 해야겠어요?

예..그래서
과장님,,,,
연라..ㄱ처......
아..아시..나...

10분째 연설중

오후 4시부터
로그아웃 중

왜 일은 해도해도 끝이 없고,

사건 사고는 이리도 많이 일어나고,

거래처들은 들어줄 수 없는 요구사항만 늘어놓는지…

오늘의 나는 4시부터 이미 정신줄이
로그아웃 되었다고욧!

이 와중에 팀장님은 자료 정리 다 됐냐고 물어보고,

과장님은 업체에 연락했냐고 물어보고,

지금 하고 있는 일도 쳐내기 급급한데…

아, 정말 이 방법만은 안 쓰려고 했는데,

내일의 나야 부탁한다!
오늘의 나는 여기서 포기다! 안녕!

People

#너와_나의_연결고리 #선넘는사람들 #Latte_is #눈치챙겨

선 넘는 사람들

편하게 대하라고 했지
막대하라곤 안 했다

편하게 대하라고 배려해 주면

꼭 이상하게 받아들여

선을 넘는 사람들이 있습니다.

호의를 보이면 호구로 아는 사람들은

믿고 걸러야 합니다.

이게 다 너 생각해서
하는 말인데

상사나 선배가

"내가 다 묘한량 씨 생각해서 하는 말인데, 있잖아…"

하면서 시작하는 말은,

정말 나를 생각해서 하는 말이라기보다는

쓸데없는 오지랖에 상대를 깎아내리는,

조언을 가장한 지적질일 뿐입니다.

진짜 날 그토록 생각한다면

님아… 그 입 다무소서.

제발 좀!

직장 인싸

직장에도 '인싸'가 존재합니다.

리얼 인싸도 있지만, 내 주변 인싸들은 대부분
'인성 싸가지'들입니다.
이기적이고, 예의 없고, 불만 많고, 손해 보는 건 싫어하면서
남에게 피해 주는 일이나 상처 주는 말은
스스럼없이 하는 사람들이죠.
오늘도 핫하디 핫한 직장 인싸들 속에서
무사히 살아가고 있습니다.

이 죽일 놈의 후배

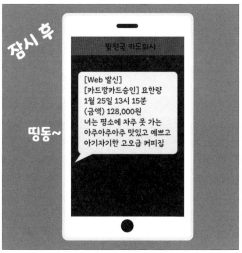

꼬치꼬치 좋아해요?

남의 삶을 꼬치꼬치 캐묻는 사람들이 있습니다.

집은 어디냐? 애인은 있냐? 얼마나 사귀었냐? 없냐? 왜 없냐?
학교는 어디 나왔냐? 전공은 뭐냐? 왜 그 전공을 공부했냐? 등등
일일이 대답하기는 싫고, 적당히 둘러대고 넘어가고 싶은데
눈치도 없이 계속, 계에에에에~속 묻습니다.

왜 그렇게 남의 삶이 궁금한 걸까요?
어쩔 수 없어서 다 대답하고 나면
꼭 후회하게 됩니다.
(솔직히 나한테 관심도 없으면서!)

눈치 없는 선배

좋은 정보

같은 말도 기분 나쁘게 하는 사람
꼭 있다

사회 생활을 하다 보면
말 한 마디의 중요성을 느낄 때가 있습니다.

같은 말이라도 어떤 단어를 선택하느냐에 따라,
억양과 어투에 따라 말의 분위기나 내용이
확 변하는 수가 있죠.
회사 동료는 가족들보다 더 오래 보고
같이 일하는 사람들이기 때문에
서로 더 조심해야 합니다.
하지만 너무 익숙해지고 편해져서일까요?
상처 주는 말도, 비꼬는 말도
아무렇지 않게 할 때가 있습니다.
내뱉는다고 다 말은 아닙니다.

내 거인데 내 거 아닌

입사 때 우리 회사는 연차를 마음껏 쓸 수 있다면서
개인 연차 가지고 빡빡하게 구는 회사가 아니라고 해 놓고선,
연차 서류만 올리면 무슨 이유냐고 득달같이 물어봅니다.
"개인 사유입니다"라고 하면 그 개인 사유가 뭐냐고 묻네요.

(개인 사유라는 말 몰라??)

듣고 싶은 대로 듣는다

본인이 듣고 싶은 대로만 듣는 사람들이 꼭 있습니다.

아 쫌! 제대로 쫌 들어라!!!!!!

남이 하는 일은
다 간단하다

꼬이고 꼬인 일을 어떻게든 해결해 보겠다고

이리 뛰고 저리 뛰고 혼자 전전긍긍하면서

끝끝내 잘 해결하기도 합니다.

고생스러웠지만 그만큼 보람도 있죠.

하지만 몇몇 회사놈들 왈

"아 그거요~? 그거 간단한 거 아닌가?

나였으면 진작에 해결했을 텐데 이제야 끝났대요?"

해결하는 과정에서는 1도 도움 안 주더니 말은 참 쉽게 하네요.

그렇게 잘났으면 니가 해 보든가!

회사로 택배가 오면
생기는 일

회사에서 택배를 받으면,

다 모여서 언박싱을 하게 됩니다.

우르르 몰려와서 기웃기웃기웃기웃...

무엇을 샀냐? 이거 OO사이트에서 얼마에 판다,

내가 이거 써 봐서 아는데 어떻다 하면서

미리 리뷰 쓰고 한마디씩들 얹습니다.

(난 포장 뜯지도 않았는데)

몇몇은 자기가 착용도 해 보고 품평회도 합니다.

색상이 어떻다, 디자인이 어떻다, 가격이 어떻다.

(그니깐, 내가 산 물건인데 니들이 왜...?)

어디서 샀는지 알려 달라고 해서 알려 주면

빨강이 더 이쁘다는 둥
파랑이 더 맘에 든다는 둥.

(내 물건 사는데 왜 니 취향을 맞춰야 하는데;:??)

Latte is⋯

"Latte는 말야. 아주 어마어마했었지!"
이 말은 과거로의 시간 여행을 시작하는 주문입니다.

대체 언제 적인지는 모르겠으나
그때의 우리 상사들은
쓰러져 가던 회사를 일으켜 세우고,
부당한 상황에서 정의를 외쳤으며,
모두가 놀라 자빠질 만한 아이디어를
하루에도 수없이 쏟아 냈다고 하는데…
네? 지금은요? 지금은 왜? 네????

착즙 3종 세트

온 힘을 다해서 즙을
짜내야 하는 경우가 있습니다.

하기 싫은 일을 꾸역꾸역할 때는 '일 착즙'
억지로 웃어야 할 때는 자본주의 '미소 착즙'
진짜 아닌데… 진짜진짜 아닌데 칭찬하는 '칭찬 착즙'
사회 생활을 하다 보면 직장인 3대 즙을
일상다반사로 짜내야 합니다.
남 위해 짜내느라 날 위한 에너지는 텅텅
내 마음 위한 착즙은 언제 할 수 있을까요??

떡다방으로 오세요

세상에는 별의별 사람과 별의별 일들이
참 많습니다.

일을 하다 보면 잘 풀릴 때도 있지만,
일이 잘못되거나 엎어지기도 합니다.
어쩔 수 없는 상황에서
"당신 탓이야." "니가 책임져." "넌 대체 뭐했어?"
잘잘못을 따지는 말들이 나오면
서로의 마음에 상처만 쌓여 갑니다.
잘못을 따져 보고 책임도 물을 수 있지만
책임을 가리는 과정에서
상처 주는 말을 꼭꼭 해야 할 필요는 없습니다.
왜냐면 어쩔 수 없었으니까요.
우리도 그렇게 될 줄 몰랐으니까요.

상처 되는 말은 마음에 너무 담아 두지 마세요.
마음에 스크래치 난 날엔
떽다방에서 달다구리한 커피 마시며
상처를 달래 봅시다.

힘든 날엔
나를 위한 차단

집중 모드로 열일하는데

저 멀리서 사악한(?) 미소와 함께

누군가 다가오네요.

이 부서 저 부서 돌아다니며 아는 척 잘난 척하면서

수다떨기 좋아하는 그 직원이군요.

(꼭 바쁠 때 와서 말 거는 거 보면, 제가 바쁜 시간을 잘 아는 듯합니다.)

"그거 알아요?"

이 물음에 "잘 몰라요"라고 답하는 순간!! 낚입니다.

"아, 이거 잘 몰라요???"라며 반짝반짝 빛나는 눈빛과 함께

TMI의 시작입니다.

이럴 땐 차단입니다.

단답형 "알아요", 급하게 거래처 전화 걸기 등을 시전합니다.

매몰차 보일지 모르지만

힘든 날엔 나를 위한 차단이 필요합니다.

출근할 때
꼭 챙기세요

직장 생활에서 가장 중요한 건?

월급? 업무적성? 업무스킬? 물론 다 중요하지만

가장 중요한 건 바로 '눈치'일 것입니다.

사무실에 꼭 한둘은 (정말 더럽게도) 눈치가 없습니다.

오전 회의가 길어져서 멘탈이 탈탈 털려

점심시간만 기다리고 있었는데

눈치빌런 왈,

"회의 안 끝났으니까 시켜 먹을까요?"

하아... 깊은 탄식이 밀려옵니다.

(한국의 빠르고 정확하게 무엇이든 배달되는 시스템은 참...

문명 발달의 안 좋은 사례입니다.)

되면 한다

안 되는데 된다고 박박 우기면서

해 보라고 하는 사람들이 꼭 있습니다.

안 되니까 안 된다고 하는 거죠!

그럴 때마다 "열정이 없다, 할 수 있는 방법을 찾아봐라,

어디서는 했다고 하는데 왜 안 된다고 하냐?" 하면서

진상진상 온갖 진상을 다 떱니다.

되면 나도 된다고 하겠죠, 굳이 안 된다고 하겠냐고요.

안 될 때는 안 되는 거니 된다고 우기지 좀 마세요.

회식에서 가장 중요한 건

같이는 무슨 같이

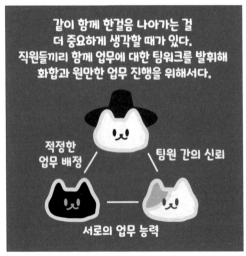

까망냥 선배님! 자료 정리 다 했습니다.

아, 그럼 내 자료도 정리 부탁해! 지금 바빠서.

묘한량 선배님!! 제 자료도요~
오늘 중요한 약속 있어서 꼭꼭 칼퇴해야 해요~

이거 보고해야 하는데요,
까망냥 선배님 같이 좀 해 주세요.

아, 그럼 묘한량 씨가 대신해 줘~
나 지금 좀 바빠~~

묘한량 선배님! 전 다른 미팅이 있어서
같이 보고하기 어려울 것 같아요~

**같이는 무슨 같이야! 일은 나 혼자 하고
성과만 같이 나누는 거지!**

뭔데 인마

오다 주운 거라도
받고 싶다

오다 산 것도 아니고, 주웠다고 하는

그 말 속엔 상대방의 취향에 대한 고민과

좋아해 줄지에 대한 두려움+부끄러움이

잔뜩 녹아 있는 것 같습니다.

좀 더 표현하며 살아야겠습니다.

그래야 상대방에게 진심이 더 닿을 테니까요.

인간관계도
커피 & 도넛처럼

극강 조합을 자랑하는 음식들이 있습니다.
인간관계도 이렇게 단짝처럼

잘 맞으면 좋으련만, 좋으련만...

Food

#직장인맛점 #힐링푸드 #개꿀맛 #오늘뭐먹지 #이맛에_돈번다

소듕한
급식판

결재판을 들면 두근두근합니다.
하지만 결재판보다
더 두근거리게 하는 판이 있습니다.

시커먼 결재판과 달리
은빛으로 반짝이는
내 소중한 판, 급식판

직장인의
두통약

오늘도 업무 스트레스로
머리가 지끈지끈합니다.
이럴 땐 어떤 두통약도 소용없습니다.
역시 직장인의 두통약은…

…고기입니다.

숯불에 지글지글 구운 고기 한 점이면

언제 그랬냐는 듯, 두통이 사라집니다.

오늘도 두통엔 역시…

내돈내산 고기 처방입니다.

불금엔
클럽!

직장인들은 불금을 좋아합니다.

약속이 1도 없어도, 그냥 숨만 쉬어도 좋은 날...

그리고 뭐니뭐니해도 불금엔 클럽!

클럽하면 역시! 샌드위치죠.

(제가 아싸라서 불금에 샌드위치 먹는 게 아닙니다.

클럽 샌드위치가 워낙 맛있어서 그런 겁니다!!)

김 득템

김 좋아해서 주문했습니다.

명절 선물로 김을 받았습니다.

어떤 회사에선 고기세트도 준다던데...

(고기 세트는 전설에나 나오는 아이템인가 봅니다. 전 받아 본 적이 없어요.)

초콜릿은 채식

나무에서 자라는 카카오로 만든
초콜릿은 채식 식단

달콤쌉쌀한 초콜릿은 마치 직장 생활 같아요.

달콤보다는 쌉쌀한 일이 훠어어~얼씬 많지만요.

이럴 때 초콜릿 한 조각으로 나의 마음을 달래 봅니다.

살찔 걱정은 안 해도 됩니다.

초콜릿은 카카오나무 열매로 만든 거라

채식입니다. 확실합니다.

나무 열매로 만든 거라니까요.

자. 만. 추.

자연스럽다는 건 정말 중요합니다.

중국집에서 짜장면만으론 아쉽고 탕수육은 부담될 때,
분식집에서 김떡순으론 조금 부족할 때,
라면 끓일 때 요리 느낌 내고 싶을 때
자만추!

정답이
여러 개일 때도 있다

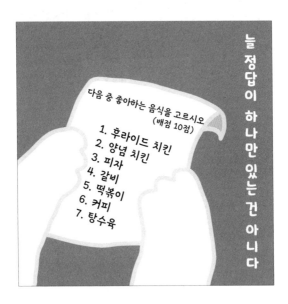

늘 정답이 하나만 있는 건 아니다

다음 중 좋아하는 음식을 고르시오
(배점 10점)

1. 후라이드 치킨
2. 양념 치킨
3. 피자
4. 갈비
5. 떡볶이
6. 커피
7. 탕수육

살다 보면 길이 꼭 한 가지만 있는 게 아니더라고요.
이게 맞는 길 같다가도 나중에 시간이 지나서 보면
아, 이런 방법도 있었구나 하고 깨닫곤 합니다.
인생도, 메뉴도 나의 선택이 중요한 거지
한 가지 정답만 있는 건 아닙니다.

너와 나의
연탄구이

너와 나를 연결해 주는 한 점.

연탄구이 한 점으로 마음을 나눕니다.

비장한_직장인.jpg

맛점을 위해

날씨, 나의 기분, 새로 생긴 맛집 위치 등을 분석하여

최적의 점심 메뉴를 선정하고,

비장한 표정으로 회사 문을 나섭니다.

나의 힐링 푸드

삶이 힘들고 팍팍할 때 위로받는 힐링 푸드가 있나요?

저의 힐링 푸드는 떡볶이입니다.
지친 일상에 아주 작은 여유라는
쉼표가 찍히는 느낌입니다.

기분 피자!

일하다 보면 짜증나는 일도, 미간 찌푸려지는 일도,
어이가 없어서 기분이 상하는 일도 많습니다.

이럴 땐 쫄깃 짭짤한 치즈 폭탄이 흐르는 피자 먹으면서
오늘의 이 (우울한) 기분 꼭 피자!!

열 받으면
참지 마요

편의점 삼각김밥 진열대 앞에 서면

참치 마요들이 저에게 외칩니다.

"참지 마요, 참치 마요!"

참치 마요는 삼각김밥의 진리죠.

누가 개발했는지 노벨상 줘야 합니다.

(결재 받으러 가서는 잘 참으면서 참치 마요는 못 참겠네요)

즐거움은 고기요!!

즐거움은 어디에나 있습니다.
월급이 오르거나, 연차를 내거나,
택배가 오늘 도착한다는
문자를 받을 때도 즐겁습니다.
그러나 진짜 즐거움이 있는 곳은
고기가 있는 곳 아닐까요?

직장인의 몸은
커피 70%

정신력 폐인에서
탈출시켜주는 카페인 충전

스마트벅스

사람의 몸은 물 70%로 구성되어 있다는데,
직장인의 몸은 커피 70%로
구성되어 있음이 틀림없습니다.

인생은 다
고기서 고기

나와 다른 인생을 사는 듯한 남들도

한 발짝 떨어져서 보면,

다 비슷한 삶을 살아가고, 비슷한 고민을 하고 있더라고요.

인생은 다 고기서 고기죠.

Pride가 낮아졌을 땐
Fried 주문

보람차고 즐거운 하루가 아닌...

기 빨리고, 자존감 떨어지는 날,

퇴근과 동시에 낮아진 자존감을 올리기 위해

전 프라이드 치킨을 주문합니다.

참기 힘든 기다림

특히 배고플 때

3분은 넘나 긴 시간입니다.

잘못 들었나?

맛있는 음식은 꼭 2인분부터 주문 가능한 곳이 있습니다.

혼자 2인분 시키긴 부담스러울 때
흔쾌히 같은 메뉴를 주문해 주는 동료라면,
우리 평생 친하게 지냅시다!!!

우리가 평생
공부해야 하는 이유

학교를 졸업하면 이제 공부는 끝인 줄 알았습니다.

그런데 점심시간을 알차게 보내기 위해서는

끝없이 공부해야 합니다.

신메뉴가 계에~속 나오기 때문입니다.

이래서 어른들이 배움에는 끝이 없다고 하나 봅니다.

점심 시간 첩보 작전

"묘한량 씨 오늘 점심 약속 있어?" 하고 팀장님이 물으면

"아...네... (약간 먼 곳을 바라보며)

선약이 있어요~ 다음에 하시죠."

라고 (재빨리) 대답합니다.

여기서 대화가 끝나면 참 좋으련만

몇몇 상사분들은 한 번 더 질문하시죠.

"아, 그래? 누구랑???"

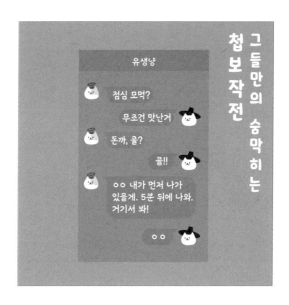

첩보작전 그들만의 숨막히는

유생냥

점심 모먹?

무조건 맛난거

돈까, 콜?

콜!!

ㅇㅇ 내가 먼저 나가 있을게. 5분 뒤에 나와. 거기서 봐!

ㅇㅇ

선약이라고 해 봤자 늘 먹는 직장 동료 A씨지만

A씨랑 먹는다고 하면 분명 같이 가자고 하실 각이니,

(최대한 자연스럽게)

"아, 오늘 외부에 있는 친구가
오기로 했어요…"

(거짓말은 아님. 타 부서니 외부고, 직장 동료 A씨 오늘부터 친구임)

하고 아쉬운 듯 돌아섭니다.

통닭이 있는 이유

마음을 토닥토닥하고 싶은 그런 날,
통닭은 그러라고 있는 겁니다.

1인분의 정의

누군가 "몇 인분까지 먹어 봤어?"라고 물어도
대답은 "1인분!"입니다.

빠른 클릭은 몸에 해롭습니다

이번 달도 털렸다

때론 가격이 사악해서 메뉴판 앞에서

주춤거리게 되지만

가끔은 나를 위한 작은 사치도 필요합니다.

('가끔'이 자주 오는 건 안 비밀)

먹고 합시다!

밥은 먹고 다니니?

다 먹고 살자고 하는 일인데,
"자, 다들 밥 먹으러 갑시다."

Daily Life

#흥분주의 #텅장주의 #집순이집돌이 #일상툰 #인생은_6시부터

갑자기 컨디션이
좋아지는 시간

책상에 앉자마자 너무 힘든 날이 있습니다.
머리도 좀 어지럽고, 소화도 안 되고, 온몸이 힘든...
컨디션이 영 꽝이라 일도 손에 안 잡힙니다.
연차 내기도 눈치보여서 시간아 빨리 흘러라 흘러~
오늘은 무조건 칼퇴하고 집에 가서 푹 쉬어야지...

그런데! 급 컨디션이 좋아집니다.
몸도 안 아프고 기분도 좋아졌어요.
6시가 가까워져서 그렇군요!

(역시 직장인에겐 퇴근이 약)

감히 니가 퇴근을?

집밥 대신 눈칫밥

모처럼 집밥 먹고 싶은 날,

하루를 잘 마무리하기 위해 맛있는 저녁을 고민해 봅니다.

그런데 상사가 잠깐 보자고 합니다.

(이런, 뭔가 불길한 예감이...)

급하다면서 내민 업무 지시, 오늘도 야근 당첨.

게다가 상사가 뒤에서 딱 버티고 서서

이것저것 체크합니다.

(근데;;; 왜 꼭 뒤에서 모니터를 지켜보고 있죠?)

"그 디자인 오른쪽으로 움직여 봐,

색깔 바꿔 봐, 네모를 원으로 바꿔 봐..."

입으로 모니터를 컨트롤하며

마음에 안 든다고 눈치를 줍니다.

오늘 저녁도 집밥 대신

눈칫밥을 먹게 되었습니다.

만성 피로 악순환

오늘도 무거운 눈꺼풀을 깨우기 위해

출근길에 (나도 모르게! 어느 순간!) 커피를 사서 손에 들고 갑니다.

그렇게 피로를 이기기 위해 **커피를 국밥 말아먹듯이**

시원~하게 마시면서 하루를 보냅니다.

지친 몸과 마음을 이끌고 집에 돌아와

폭신폭신한 이불 덮고 자려는데 응? 잠이 안 옵니다.

낮보다 더 반짝거리는 눈으로

어둠 속에서 핸드폰을 만지작거리면서

쇼핑 리스트도 한번 보고, 장바구니도 다시 보고,

오오! 감탄 나오는 신상 제품도 스캔하고,

SNS도 이리저리 기웃기웃하다가

이젠 자야지!!!! 이젠 꼭 자야해!!! 하며

새벽에 겨우 잠들었습니다.

시끄럽게 울리는 알람을 끄고 겨우 일어났는데

어제보다 피로가 더 쌓였네요.

출근길에 또 (나도 모르게) 커피를 사 마시며

겨우 잠이 깨고

그렇게 무한루프가 반복됩니다.

이 무한의 고리를 끊는 방법은 딱 하나, **퇴사입니다.**

꿈은 유유자적,
현실은 ㅠㅠ자적

*유유자적(悠悠自適): 아무 속박 없이 조용하고 편안하게 삶
(출처: 국립국어원 표준국어대사전)

누구나 편안하고 자유로운 삶을 꿈꾸지만

현실은 '유유자적'이 아니라 'ㅠㅠ자적'이네요.

각박하고, 어렵고, 더럽고, 치사한 사회 생활에

매일매일 눈물이 앞을 가립니다.

팀장은 내 공을 귀신같이 가로채 가고,

선배들은 해결 안 되는 일만 나에게 떠넘기고,

후배들은 말도 안 듣고 질문 폭격기처럼 이건 왜 하냐고 묻습니다.

(이유는 없다 그냥 좀 해라!!!ㅜㅜ
아오, 나도 힘들다 이놈들아!!!)

출근하면서
퇴근 생각

출근 전인데
벌써 퇴근하고 싶다

출근은 생각보다 많은 체력을 요구합니다.

5분마다 설정해 놓은 알람을 다섯 번쯤 끄고서야

겨우 몸을 일으킵니다.

아직 무의식의 세계에서 돌아오지 않은 정신을

샤워하면서 깨워 봅니다.

오늘은 또 뭘 입나(뭘 먹나 만큼의 최대 고민)

아침밥을 먹고 싶지만 더 자면서 퉁쳤으니 패스,

전철역까지 재빠르게 걸어가서 만원 전철에 몸을 구겨 넣습니다.

(저 이거 놓치면 지각이에요!!!)

구겨진 몸으로 몇 정거장 가다 보면

아직 출근 전이지만

퇴근하고 싶은 마음이

모락모락 피어납니다.

나이 들면서 생긴 습관

의식의 흐름

회사에서 안 좋은 일로 잔뜩 찌푸리고 퇴근을 하는데
붉은꽃과 흰꽃을 한바구니 들고 가는 아저씨를 보았다.

???

그런데 자세히 보니

뭔 꽃이지????
색깔이 어쩜 저렇게 붉지??

빨간 목장갑
뭉치였다.

뚜둥!!!

주말이 짧은 이유

주말은 왜 이렇게 짧을까
생각해 보니

주말은 정말 순삭입니다.

주말이 유독 빠르게 지나가는 것 같은 느낌은

그냥 기분 탓일까요?

주말이 왜 그렇게 짧은지 연구해 보았습니다.

아, 평일은 5일인데, 주말은 2일이군요.

실제로 짧아요.

산타 할아버지, 제 소원은요~

산타 할아버지,

저 올해 진짜진짜 착하게 살았을 걸요?!

올해 제가 선물을 받을 수 있을까요?

소원이 많은 것 같지만,

자세히 보면 마침표가 없어요.

무호흡으로 읽으면 한 문장인데,

한 가지 소원으로 쳐 주시는 거 아닌가요?

이 중 하나는 꼭 들어주셔야 해요. 그렇지 않으면...

올 크리스마스도 치킨, 케빈과 함께하는

해마다 똑같은 크리스마스가 되고 말아요.

첫눈과 내 월급의
공통점

첫눈은 내 월급과 많이 닮았습니다.

첫눈이 기다려지듯,
월급날도 기다려집니다.
막상 첫눈이 오면 너무 조금 내리고 금방 사라지듯,
내 월급도 받자마자 순삭됩니다.

행복은
돈으로 못 사요

행복을 돈으로 살 수 없다면

혹시 돈이 모자라는 건 아닌지
확인해 볼 필요가 있대요.

개미 노동자

나는 개미. 노동자입니다.

오늘도 열심히 쉬지 않고 일합니다.

아유,
해도해도 끝이 없냐...

이런일

저런일

요런일

텅장주의

생활하는 데 꼭 필요한 물건을 구입합니다.
가끔은 취미용(덕질용)으로,
친구들과 하나씩 공동구매로,
한정 특가 또는 1+1 등의 행사로
물건을 구입하기도 합니다.

가격이 싸서?

세일은 언젠가 또 하겠지만... 내가 꼭 사야 할 때 안 하니까!

레어템이어서?

사는 데 지장은 없지만 신기하고 예쁘잖아!

(게다가 레어템은 초초초 비싸다고요!)

이렇게 잇템, 핫템 하나둘 사면서

허전한 마음을 쇼핑으로 채우려던 건 아닐까요?

남들은 다 있는데 나만 없어! 하는 불안함과

1+1은 알뜰구매야!(난 똑똑한 소비자! 음하하하) 하는 지름신으로

오늘도 가득찬 장바구니 물건들을 모두

결제 완료!

과소비한 적이 없는데, 진짜 아닌데

이번 달도 내 통장은 텅장입니다.

(쇼핑을 많이 한 게 아니라 물가가 많이 올라서 그래요!! ㄱㄱㄱ)

지난달의 나

카드 내역서의 총액을 보면

이건 분명 카드사의 실수로 과청구된 게 분명합니다.

아니, 어떻게, 내가 뭘 했다고, 이렇게 많이 나온다는 거죠?

분노에 휩싸여 카드 사용 내역을 하나하나 살펴봅니다.

눈에 불을 켜고 꼼꼼히 살펴보니,

다 내가 먹은 음식들입니다...

아... 뭘 이렇게나 많이 먹었지?

이런 음식점도 갔었나??

하나하나 살펴보니 내가 사용한 게 맞네요. (왠지 안심)

대체 지난달의 나는 어떤 사람이었을까요?

커피 3,000원, 떡볶이 5,000원, 짜장면 6,000원, 도넛 1,000원

소소하게 쓴 금액들이 한꺼번에 손잡고 오니

많이 자라서 오네요.

(따로따로 좀 오지... 사람 놀라게)

다음 달의 나야, 미리 미안하다!

직장인의
피로회복제

(멍.........)

아! 저 지금 약 먹고 있는 겁니다.

(멍...)

지금 이 페이지를 보는 순간만이라도

잠시 멍 때리고 가세요.

뇌에도 쉼이 필요합니다.

네 말만 말이냐?

네 말만 하지 말고, 내 말도 좀 들어라!

아 쫌! 나도 말 좀 하자!
이럴 거면 왜 불렀어!!?

극한 요일

직장인들은 월요일에 아픕니다.

얼마나 아프면 병명까지 붙었을까요? '월요병'

일요일 저녁부터 이유없이

우울해지고 답답하고 머리가 아파 온다면

월요병의 전조 증상이 시작된 것입니다.

모든 직장인의 난치병이라고 할 수 있죠.

우린 월요일 아침마다 고민에 빠집니다.

'연차를 쓸 것인가? 출근을 할 것인가?'

오늘도
존버 중

지금 불안하고, 어렵고, 힘들어도

반드시 지나갑니다.

끝까지 버티는 우리가 바로 일류입니다!

BUT 꽃 같은
내 인생!

모두 꽃길만 걸으세요!

나만 없어 에어팟

지하철이나 버스에서나 길거리에서나

에어팟 혹은 버즈.

없는 사람은 나뿐이군요.

오늘도 이렇게 유행과 한 걸음 더 멀어집니다.

모든 걸 다 잘할 순 없다

또 그럴 필요도 없다.

잘 알지도 못하면서

누구에게나 peach
못할 사정이 있다

누구에게나 말 못할 사정이 있습니다.

남의 사정을 다 알지도 못하면서
나에 대해 잘 아는 척하지 말아 주세요.

남들은 스웨그가 폭발한다지만

SNS나 TV를 보면 뛰어난 개성 탐방으로
스웨그가 폭발하는 사람들이 많습니다.

오늘도 최신 유행에 뒤지지 않기 위해
핫하다는 맛집 탐방(만)을 주로 하는 나는
스웨터가 폭발합니다.

건강 챙겨

건강보다 중요한 건 없습니다.

수고했어, 오늘도

직장인으로 살아간다는 건

참으로 만만치 않습니다.

뜻대로 되지 않는 일투성이에

서로 웃으면서 경쟁해야 하는 현실이 가끔 버겁기도 하지만,

가끔은 진심을 다해 웃을 일도 있고, 소소하게 행복한 추억도 있죠.

오늘도 바쁜 하루를 보낸 직장인 여러분!

토닥토닥, 고생 많으셨습니다.

회사 가긴 싫지만
돈은 벌고 싶어

1판 1쇄 2020년 9월 29일 발행

글그림 · 묘한량
펴낸이 · 김정주
펴낸곳 · ㈜대성 Korea.com
본부장 · 김은경
기획편집 · 이향숙, 김현경
디자인 · 문 용
영업마케팅 · 조남웅
경영지원 · 공유정, 마희숙
등록 · 제300-2003-82호
주소 · 서울시 용산구 후암로 57길 57 (동자동) ㈜대성
대표전화 · (02) 6959-3140 | 팩스 · (02) 6959-3144
홈페이지 · www.daesungbook.com | 전자우편 · daesungbooks@korea.com

ISBN 979-11-90488-13-6 (03810)

ⓒ 2020, 묘한량

이 도서의 국립중앙도서관 출판예정도서목록(CIP)은 서지정보유통지원시스템
홈페이지(http://seoji.nl.go.kr)와 국가자료공동목록시스템(http://www.
nl.go.kr/kolisnet)에서 이용하실 수 있습니다.(CIP제어번호: CIP2020039202)